충만한 힘

PLENOS PODERES
by Pablo Neruda

Copyright ⓒ Fundacion Pablo Neruda, 1962
Korean Translation Copyright ⓒ MUNHAKDONGNE Publishing Corp., 2007

Korean Edition is published by arrangement
with Agencia Literaria Carmen Balcells, S.A.
through MOMO Agency.
All rights reserved.

이 도서의 국립중앙도서관 출판예정도서목록(CIP)은
서지정보유통지원시스템 홈페이지(http://seoji.nl.go.kr)와
국가자료공동목록시스템(http://www.nl.go.kr/kolisnet)에서 이용하실 수 있습니다.
(CIP제어번호: CIP2007000383)

충만한 힘

Plenos Poderes

파블로 네루다 시집

정현종 옮김

문학동네

차례

시인의 의무

이 금요일 아침, 바다를 듣지 못하는 사람이면
누구든지 간에, 집이나 사무실에 갇혀 있거나
공장이나 여자, 거리나 광산 또는 메마른 감옥에
갇혀 있는 사람이면 누구든지 간에 나는
그에게 왔다, 그리고 말하거나 보지 않고
도착해서 그의 감옥문을 연다,
희미하나 뚜렷한 동요가 시작되고,
천둥의 긴 우르릉 소리가 이 행성의 무게와
거품에 스스로를 더하며,
바다의 신음하는 물흐름은 물결을 일으키고,
별은 그 광관光冠 속에서 급속히 진동하며,
바다는 파도치고, 꺼지고, 또 파도치기를 계속한다.

그리하여, 내 운명에 이끌려,
나는 바다의 비탄을 듣고 그걸
내 의식에 간직해야 하며,

거친 물의 꿩음을 느끼고
그걸 영원한 잔에 모아,
그들이 수감되어 있는 데가 어디이든,
그들이 가을의 선고로 고통받는 데가 어디이든
나는 유랑하는 파도와 함께 있고,
창문으로 드나들며,
내가 "어떻게 그 바다에 닿을 수 있지?" 하고
두 눈은 치켜뜬 채, 묻는 소리를 스스로 들을 것이다.
그리고 나는 그들에게, 말없이,
파도의 별빛 밝은 메아리를 건넬 것이다,
거품과 유사流沙의 부서짐을,
움츠러드는 소금의 바삭거림,
해변 바닷새들의 음울한 울음을.

그리하여, 나를 통해, 자유와 바다는
어두운 가슴에 대답해줄 것이다.

말

말은
피 속에서 태어났고,
어두운 몸속에서 자랐으며, 날개 치면서,
입술과 입을 통해 비상했다.

멀리서 그리고 가까이서
여전히, 여전히 그건 왔다
죽은 아버지들과 유랑하는 종족들에서,
돌이 된 땅들에서,
그 가난한 부족들로 지친 땅,
슬픔이 길이 되었을 때
그 사람들은 떠나서 새로운
땅과 물에 도착하고 결혼하여
그들의 말을 다시 키웠느니.
그리하여 이것이 유산이다;
이것이 우리를 죽은 사람과

아직 빛을 보지 못한 새로운 존재들을
연결하는 대기大氣.

대기는 아직
공포와 한숨을
차려입은
처음 말해진 말로 떨린다.
그건 어둠에서
솟아났고
지금까지 어떤 천둥도
그 말,
처음 말해진
그 말의 철鐵 같은 목소리
와 함께 우르릉거리지 못했다—
그건 다만 하나의 잔물결, 한 방울의 물이었을지 모르나
그 큰 폭포는 떨어지고 또 떨어진다.

그러다가, 말은 의미로 채워진다.
언제나 아이와 함께, 그건 생명으로 채워진다.
모든 게 탄생이고 소리이다―
긍정, 명확성, 힘,
부정, 파괴, 죽음―
동사는 모든 힘을 얻어
그 우아함의 강렬한 긴장 속에서
실존을 본질과 혼합한다.

인간의 말, 음절, 퍼지는
빛의 측면과 순은세공,
피의 전언을 받아들이는
물려받은 술잔―
여기서 침묵은 인간의 말의
온전함과 함께한다,

인간에게, 말하지 않는 건 죽는 것이니—
언어는 머리카락에까지 미치며,
입은 입술을 움직이지 않고 말하고,
문득, 눈은 말이다.

나는 말을 취해서 그걸 내 감각들을 통해 보낸다
마치 그게 인간의 형상 이외에 아무것도 아니었다는 듯이;
그것의 배열은 경외감을 느끼게 하고 나는
말해진 말의 울림을 통해 나의 길을 찾는다—
나는 말하고 그리고 나는 존재하며 또한, 말없이,
말들의 침묵 자체의 가장자리를 가로지르며 접근한다.

나는 한마디 말이나 빛나는 잔을 들어올리며
말과 건배한다;
나는 거기 들어 있는
언어의 순수한 포도주나

마르지 않는 물을 마신다,
말의 모성적 원천을,
그리고 컵과 물과 와인은
내 노래를 솟아오르게 한다
왜냐하면 동사는 원천이며
생생한 생명이므로— 그건 피이다
그 참뜻을 표현하는 피,
그리하여 스스로 뻗어나가는.
말은 잔에 잔다움을, 피에 피다움을,
그리고 생명에 생명다움을 준다.

대양

한 파도보다 완전한 몸체,
해안선을 씻는 소금,
그리고 빛나는 새가
땅에 뿌리박지 않은 채 날아간다.

물

지상의 모든 건 **빽빽**하게 서 있었다, 가시나무는
찔렀고 초록 줄기는
갉아먹혔으며, 잎은 떨어졌다,
낙하 자체가 유일한 꽃일 때까지.
물은 또다른 일이다,
그건 그 자신의 빛나는 아름다움 외에 방향이 없고,
상상할 수 있는 모든 색깔 속을 흐르며,
돌에서
명쾌한 교훈을 얻고,
그런 노릇들 속에서
거품의 실현되지 않은 야망을 이루어낸다.

바다

단 하나의 실재, 허나 피는 없고.
단 하나의 애무, 죽음 또는 장미.
바다는 와서 우리의 삶들을 한데 모으고
혼자 달려들며 스스로를 펼쳐
밤과 낮, 사람들과 살아 있는 것들 속에서 노래한다.
그 본질—불과 냉기; 움직임, 움직임.

그건 태어난다

여기 바로 끝에 나는 왔다
그 무엇도 도대체 말할 필요가 없는 곳,
모든 게 날씨와 바다를 익혔고
달은 다시 돌아왔으며,
그 빛은 온통 은빛,
그리고 어둠은 부서지는 파도에
되풀이하여 부서지고,
바다의 발코니의 나날,
날개는 열리고, 불은 태어나고,
그리고 모든 게 아침처럼 또 푸르르다.

탑

해안선이 세계를 씻는다,

오 변치 않는 새로움,

오 기다란 칼—

너는 무질서를

깨끗이 잘라낸다;

저기 난파선이 버려져 있고,

저기엔 별.

한 지점에서 다른 지점으로

깨끗함은

해안선을 따라 이어지고,

그리고 변치 않는다, 그 기후는,

그건 믿을 만하다, 그 정확성은,

그건 틀림없다, 그 구부러진 분할은,

공기는 바뀌며 그 기하학의

맑은

탑을

가로지르고.

행성

달 위에는 물돌stones of water이 있을까?
거기엔 금물waters of gold이 있을까?
가을은 무슨 빛깔일까?
낱들은 서로 부딪칠까
그들이 난발처럼
온통 풀어질 때까지? 얼마나 많은 게
―종이, 와인, 손, 시체들―
지구에서 저 먼 곳으로 떨어졌을까?

거기서는 익사한 사람도 살까?

벌거숭이

이 광선은 달리는 태양,
이 위선緯線은 동쪽—
바람이 그 가장 투명한 결정으로
만들어놓은 얽힘들,
그리고 정오는 높고 곧추서 있으며,
마스트는 하늘을 받치고 있다,
맑은 선들은
침묵에서 침묵으로 난다 그것들이
하늘에 가느다란 줄을 이룬 새들,
행운으로 가는 줄들일 때까지.

탑에서

이 장엄한 탑에는
투쟁이 없다.
안개, 공기, 날日이
그걸 둘러쌌고 떠났으며
나는 하늘과 종이와 더불어 머물렀다,
고독한 기쁨과 부채負債와 함께.
증오가 있는 지상의 투명한 탑 그리고
하늘의 파동으로
움직이는
먼 바다.
그 구절에는 얼마나 많은 음절이 있는가,
그 단어에는? 내가 말했던가?

이슬의 불안은 아름다워라―
그건 아침에 떨어진다
새벽에서 밤을

분리하며

그리고 그 차가운 선물은

불확실하게 매달려 있다

강렬한 태양이

그걸 죽게 하기를 기다리며.

말하기 어렵다

우리가 눈을 감는 건지 아니면 밤이

우리 속에서 별 박힌 눈을 뜨는 건지,

어떤 문이 열릴 때까지

그게 우리 꿈의 벽에 구멍을 파는 건지.

그러나 꿈은

한순간의 획 지나가는 의복일 뿐,

어둠의

한 번의 고동 속에 소모되고,

우리 발 앞에 떨어져, 벗어던진다

날이 움직여 우리와 함께 출범할 때.

이게 거기서 내가 내려다보는 탑이다,
빛과 말수가 적은 물 사이,
칼을 지닌 시간,
그러고 나서 나는 살기 위해 서두른다,
나는 온 공기를 마시고
도시에 들어찬 불모의
빌딩들에 간담이 서늘하며,
내가 누구인지 모르는 채 혼잣말을 한다,
높은 곳들의
침묵에서 한 잎씩 떼어내며.

새

그것은 한 새에서 다른 새한테로 건네졌다,
날日의 그 완전한 선물은.
날은 플루트에서 플루트로 갔고,
초록으로 차려입고 갔으며,
날면서 바람이 통과하는
터널을 열었다
그리로 새들이 짙고 푸른 공기를
가르며 여는 그걸—
그리고 그리로 밤이 들어왔다.

내가 수많은 여행에서 돌아와
태양과 지형 사이에
떠서 푸르를 때—
나는 날개가 어떻게 치는지 보았고,
향기가 어떻게
깃-전신電信으로 전해지는지 알았으며,

위에서 길을 보았고,
샘물들과 지붕 타일,
잡은 걸 파는 어부들,
거품의 바지들을 보았다;
나는 그 모든 걸 내 푸른 하늘에서 보았다.
나는 날아가는 제비들 외에
다른 알파벳이 없다,
꽃가루 때문에 춤을 추며
열중해 있는 작은 새의
작고 빛나는 물 외에는.

세레나데

내 손으로 나는 이 공허 속에서 모은다,
헤아릴 수 없는 밤, 천체,
침묵보다 더 조용한 어떤 코러스,
달의 소리, 무슨 비밀스러운 것, 어떤 삼각형,
백묵의 사다리꼴.
그건 대양의 밤, 제3의 고독,
문들과 날개들을 여는 진동.
신비하고 만질 수 없는 거주자들이
맥박 치며 강어귀의 이름들에 범람한다.

밤, 바다의 이름, 고향, 뿌리, 장미!

건축가

나는 나 자신의 환상을 선택했고,
얼어붙은 소금에서 그것과 닮은 걸 만들었다―
나는 큰비雨에다 내 시간의 기초를 만들었고
그리고, 그럼에도, 나는 여전히 살아 있다.

내 오랜 숙련이
꿈들을 분할한 게 사실이고
내가 알지 못하는 채
벽들, 분리된 장소들이 끝없이 솟아올랐다.

그러고 나서 나는 바닷가로 갔다.

나는 조선造船의 처음을 보았고,
신성한 물고기처럼 매끄러운 그걸 만져보았다―
그건 천상의 하프처럼 떨었고,
목공작업은 깨끗했으며,

꿀 향기를 갖고 있었다.
그 향기가 돌아오지 않을 때는
그 배가 돌아오지 않았으며,
사람들은 모두 자신의 눈물 속에 익사했다
그러는 동안 나는 별처럼 벌거벗은 도끼를 가지고
숲으로 돌아갔고.

내 믿음은 그 배들 속에 있다.

나는 사는 것 외에 다른 대책이 없다.

아이 씻기기

지상에서 제일 오래된 사랑이
아이들의 조상彫像을 씻기고 머리 빗겨,
다리와 무릎을 정상으로 만든다;
물은 솟아오르고, 비누는 미끄러지고,
티 없는 몸이 꽃과 어머니의
공기를 숨쉬기 위해 솟아오른다.

오 그 주의 깊은 조심성,
귀여운 속임수,
그 사랑스런 투쟁!

이제 머리카락은
목탄으로 이리저리 그어서 얽힌 생가죽,
톱밥과 오일,
검댕, 철사 그리고 게들로 얽힌—
그리하여 사랑이 참을성 있게,

참을성 있게,

양동이와 스펀지

빗과 타월을 준비하면

문지름과 빗질과 호박琥珀에서

오래된 검약에서 그리고 재스민에서

아이가 솟아오른다, 그 어느 때보다도 깨끗해져서,

어머니의 팔에서 뛰어나오고,

다시 그 회오리바람을 타고 기어오르고,

진흙, 오일, 오줌, 그리고 잉크를 찾고,

스스로 다치고, 돌에 걸려 넘어진다.

그렇게, 새로 씻겨, 아이는 삶으로 뛰어든다;

나중에는 청결을 유지하는 시간밖에

없을 터이니, 그것도 그때는 생기 없이.

다림질을 기리는 노래

시는 순백純白이다.

그건 물방울에 싸인 물에서 생겨나고,

주름져 있고, 웅크리고 있다.

그건 펴져야 한다, 이 행성의 피부는,

다림질해서 펴야 한다, 바다의 그 백색은;

그리하여 손은 움직이고 또 움직인다,

그 신성한 표면은 매끄러워지고,

그렇게 일은 완수된다.

매일, 손들은 세계를 창조하고,

불은 강철과 결혼하며,

범포帆布, 리넨, 면들은

세탁소의 사소한 충돌로부터 돌아온다,

빛으로부터 비둘기는 태어나고―

거품에서의 순결한 귀환.

탄생

우리는 죽음의 기억 같은 건 지니지 않을 것이다.

우리의 존재에 관해
우리는 실로 참을성 있었다,
숫자들을 적어놓고,
날짜, 해와 달들,
머리카락, 우리가 키스하는 입들을 적으며,
그리고 죽는 순간은
적지 않고 지나보낸다―
우리는 그걸 다른 이들한테 기억으로 남긴다,
또는 단지 물에게 남긴다,
물에게, 공기에게, 시간에게.
탄생의 기억조차도
우리는 지니지 않는다,
존재하게 되는 건 소란스럽고 새로운 일이었는데도;
그리고 이제는 단 하나의 세목도 기억하지 않으며

당신의 최초의 빛의
흔적조차도 지니지 않았다.

우리가 태어났다는 건 잘 알려진 일.

그건 잘 알려져 있다, 방 안에
또는 숲속에
또는 어부들이 사는 곳의 숙소에
또는 서걱대는 등나무밭에
아주 이상한 침묵이 깃들어 있다는 건,
여자가 출산하려고 할 때와 같은
엄숙하고 덤덤한 시간.

우리가 모두 태어났다는 건 잘 알려진 일.

그러나 그 격렬한 진동―

비존재에서 존재로, 손을 가진 것으로,

보고, 눈을 갖고,

먹고, 울고, 넘쳐흐르고

사랑하고 사랑하며 괴롭고 괴로운 것으로,

그 전이轉移, 그 전격적인 현존의

진동, 살아 있는 컵과도 같은

한 몸 더 솟아오르기,

그리고 텅 빈 채 남겨진 여자,

그녀 피 속에 그리고

찢긴 충만 속에 남겨진 어머니,

그리고 그 끝과 그 시작, 그리고

모든 게 모이고 목숨에 매듭이

하나 더 보태질 때까지

맥박, 마루, 커버들을 엉망으로 만드는 무질서,

한 파도를 일으키고 나무에서

알 수 없는 사과를 따낸 그 야생의 바다의

어떤 것도 당신의 기억에 남아 있지 않다.

당신이 기억하는 유일한 건 당신의 삶이다.

죽은 가난한 사람에게

오늘 우리는 우리의 가난한 사람을 묻는다;
우리의 가난하고 가난한 사람.

그는 너무도 어렵게 지낸 나머지
그가 사람으로서 인격을 지니기는
이번이 처음이다.

그는 집도 땅도 없었고,
알파벳도 이불도
구운 고기도 없었으며,
그리하여 여기저기로 노상
옮겨다녔고, 생활의 결핍으로 죽어갔다,
죽어갔다 조금씩 조금씩—
그게 그가 태어나면서부터 살아온 삶이다.

다행히도(그리고 이상하게도) 그들은 마음이 똑같았다,

주교에서부터 판사에 이르기까지

그가 천국에 갈 것이라고;

그리고 지금은 죽었다, 나무랄 데 없이 죽었다, 우리의 가난

한 사람,

오 우리의 가난하고 가난한 사람,

그는 그 많은 하늘을 갖고 뭘 할지 모를 것이다.

그는 그걸 일굴 수 있을까, 씨 뿌리고 거둘 수 있을까?

그는 항상 그걸 했다; 잔혹하게

그는 미개지와 싸웠다,

그리고 이제 하늘이 그가 일구도록 완만히 놓여 있다,

나중에, 하늘의 수확 중에

그는 자기 몫을 가질 것이고, 그렇게 높은 데서

그의 식탁에는, 하늘에서 배부르기 위해

모든 게 차려진다,

우리의 가난한 사람은, 아래 세상에서의

운명으로, 약 60년의 굶주림을 갖고 왔다,
마침내, 당연하게도,
삶으로부터 더이상 두들겨맞지 않고
먹기 위해 제물이 되지 않은 채 만족스럽기 위하여;
땅 밑 상자 속에서 집처럼 안전해
이제 그는 스스로를 보호하기 위해 움직이지 않았고,
임금 투쟁을 하지도 않을 것이었다.
그는 그런 정의를 바라지 못했다, 이 사람은.
갑자기 그들은 그의 컵을 채워주었고 그게 그는 좋았다;
이제 그는 행복에 겨워 벙어리가 되었다.

이제 그는 얼마나 무거운가, 그 가난하고 가난한 사람은!
그는 뼈 자루였다, 검은 눈을 가진,
그리고 이제 우리는 안다, 그의 무게 하나만으로,
너무 많은 걸 그는 갖지 못했었다는 걸,
만일 이 힘이 계속 쓰여서

미개지를 갈아엎고, 돌을 골라내고,

밀을 거두고, 땅에 물을 주고,

유황을 갈아 가루로 만들고, 땔나무를 운반했다면,

그리고 이렇게 무거운 사람이 구두가 없었다면,

아, 비참하다, 이 힘줄과 근육이

완전히 분리된 인간이, 사는 동안 정의를

누린 적이 없다면, 그리고 모든 사람이 그를 때리고

모든 사람이 그를 넘어뜨리며, 그런데도

노동을 계속했고, 이제, 관에 든 그를

우리 어깨로 들어올리고 있다면,

이제 우리는 적어도 안다 그가 얼마나 갖지 못했는지를,

그가 지상에 살 때 우리가 그를 돕지 않았다는 것을.

이제 우리는 안다 우리가 그에게 주지 않은 모든 걸

우리가 짊어지고 있음을, 그리고 때가 늦었음을;

그는 우리한테 무게를 달고, 우리는 그의 무게를 감당할 수

없다.

우리의 죽은 사람은 얼마나 많은 사람의 무게를 달까?

그는 이 세상이 하는 만큼 많이 무게를 단다, 그리고 우리는
계속 이 죽은 사람을 어깨에 메고 간다. 분명히
하늘은 빵을 풍부하게 구우시리라.

'라 세바스티아나' 에게

나는 그 집을 지었다.

나는 우선 그걸 공기로 지었다.
나중에 나는 공중에 그 집 깃발을 올렸고
창공에서, 별들에서
밝은 빛과 어둠에서 늘어뜨린
휘장으로 꾸민 채 놔두었다.

그건 시멘트, 철, 유리의
우화였고,
밀보다 더 값진 것이었다, 금과도 같은―
나는 찾으러 가고 사러 가야만 했고,
그래서 트럭이 도착했다.
그들은 부대들을 내려놓았고
또 더 내려놓았다.
그 탑은 단단한 땅에 닻을 내렸다―

그러나 그걸로 충분치 않다고 지은 사람이 말했다,
아직 시멘트, 유리, 철, 문들이 더 있다—
그리고 나는 밤에 잠을 자지 않았다.

허나 그건 계속 자랐다.
창문들은 자랐고,
좀더 자랐다,
계획과 일에 따라,
무릎과 어깨로 열심히 해서,
그건 존재할 때까지 계속 자랐다,
당신이 창으로 볼 수 있도록,
그리고 아주 많은 부대로
그건 지붕을 갖게 되고 솟아올라
마침내 깃발을 단단히 붙잡게 되었다
아직도 그 색깔들로 하늘을 수놓는 그걸.

나는 제일 싼 문들에 마음을 빼앗겼다,
죽어서 그들의 집으로부터
내던져진 문들,
벽도 없고, 부서져
허섭스레기로 쌓여 있는 문들,
지금은 아무 기억도 없고
열쇠의 흔적도 없는 문들,
그리고 나는 말했다 "내게
와, 버려진 문들아.
내가 너한테 집과 벽을 주고
너를 두드리는 주먹을 줄게,
너는 영혼이 열리듯 다시 여닫힐 것이고,
일을 아주 많이 한 네 날개로
마틸데의 잠을 지킬 거야."

그러고 나서 페인트가 왔고

벽들을 핥듯이 칠했다;

그건 하늘색과 핑크로 그것들을 단장했고

그래서 그들은 춤추기 시작할 모양이었다.

그리하여 그 탑은 춤추고

문들과 계단들은 노래하며

집은 그 꼭대기에 이를 때까지 솟아오른다,

허나 돈은 모자라고―

못이 모자라고,

손잡이, 자물쇠, 대리석도.

그렇지만 집은

계속 솟아오르고

무슨 일이 생긴다, 그

동맥 속에서 시작되는 고동.

그건 아마 톱일는지 모른다,

꿈의 물속에서 물고기처럼 흐늘흐늘하는,

또는 교활한 콘도르 목수처럼

우리가 밟을 소나무 판대기를
탕탕 두드리는 망치일는지도.

뭔가 진행되고 삶은 계속된다.

집은 자라고 말하며,
제 발로 서고,
그 골격을 옷으로 싼다,
그리고 바다 쪽으로부터 봄이
물의 요정처럼 헤엄쳐 와
발파라이소의 모래에 키스한다,

이제 우리는 생각을 중단할 수 있다. 이건 집이다.

이제 부족한 건 푸르름일 것이다.

이제 이게 필요로 하는 건 꽃피는 것뿐이다.

그리고 그건 봄이 할 일이다.

작별들

안녕, 안녕, 한 곳에게 또는 다른 곳에게,
모든 입에게, 모든 슬픔에게,
무례한 달에게, 날들로 구불구불 이어지다가
사라지는 주週들에게,
이 목소리와 적자색으로 물든
저 목소리에 안녕, 늘 쓰는
침대와 접시에게 안녕,
모든 작별들의 어슴푸레한 무대에게,
그 희미함의 일부인 의자에게,
내 구두가 만든 길에게.

나는 나를 펼친다, 의문의 여지 없이;
나는 전全 생애를 숙고한다,
달라진 피부, 램프들, 그리고 증오들을,
그건 내가 해야 하는 것이었다,
규칙이나 변덕에 의해서가 아니고

일련의 반작용하고도 다르다;
새로운 여행은 매번 나를 사로잡았다;
나는 장소를, 모든 장소들을 즐겼다.

그리고, 도착하자 또 즉시
새로 생긴 다감함으로 작별을 고했다
마치 빵이 날개를 펴 갑자기
식탁의 세계에서 달아나듯이.
그리하여 나는 모든 언어들을 뒤에 남겼고,
오래된 문처럼 작별을 되풀이했으며,
영화관과 이유들과 무덤들을 바꾸었고,
어떤 다른 곳으로 가려고 모든 곳을 떠났다;
나는 존재하기를 계속했고, 그리고 항상
기쁨으로 반쯤 황폐해 있었다,
슬픔들 속의 신랑,
어떻게 언제인지도 모르는 채

돌아갈 준비가 되어 있고, 돌아가지 않은.

돌아가는 사람은 떠난 적이 없다는 말이 있다,
그러니 나는 내 삶을 밟고 되밟았으며,
옷과 행성을 바꾸고,
점점 동행에 익숙해지고,
유배의 큰 회오리바람에,
종소리의 크나큰 고독에 익숙해졌다.

모든 이를 위하여

내가 그대에게 말해야 할 걸
문득 말할 수 없을 따름이다,
친구여 용서해다오; 그대는 안다
그대가 내 말을 듣지 못할지라도
내가 잠들었거나 눈물 속에 있지 않았다는 것을,
오랫동안 그대를 보지 못했어도 나는
그대와 함께 있고 또 끝까지 그러리라는 것을.

사람들이 궁금해하는 걸 나는 안다.
"파블로는 뭘 하지?" 나는 여기 있다.
그대가 이 거리에서 나를 찾는다면
그대는 내가 바이올린을 갖고 있는 걸 알 것이다,
노래를 시작할 준비가 되어,
죽을 준비가 되어.

내가 이 사람들이나 그대에게가 아니라

다른 누구를 향해 떠나야 한다는 건 별것이 아니다,

그리고 그대는 잘 들을 것이다, 빗속에서,

들을 것이다,

내가 오가며 떠도는 것을.

그리고 그대는 내가 떠나야 한다는 걸 안다.

내 말이 그걸 모른다고 해도

확언하건대, 나는 떠난 사람이다.

끝나지 않는 침묵은 없다.

그때가 되면, 나를 기다려다오,

그리고 내가 내 바이올린을 가지고

거리에 도착하고 있음을 알려다오.

봄

새가 왔다
탄생하려고 빛을 가지고.
그 모든 지저귐으로부터
물은 태어난다.

그리고 공기를 풀어놓는 물과 빛 사이에서
이제 봄이 새로 열리고,
씨앗은 스스로가 자라는 걸 안다;
화관花冠에서 뿌리는 모양을 갖추고,
마침내 꽃가루의 눈썹은 열린다.

이 모든 게 푸른 가지에 앉는
티 없는 한 마리 새에 의해 이루어진다.

발파라이소의 시계공
돈 아스테리오 알라르콘에게

미친 듯한 항구의 냄새가
발파라이소에서 난다,
그늘의, 별들의 냄새
그리고 물고기 꼬리의 냄새.
잡초 무성한 언덕으로 오르는
너덜너덜한 계단 위에서
가슴은 전율한다.
거기, 누추함과 검은 눈들이
해무海霧 속에서 춤추고
그 왕국의 깃발을 창에 내건다―
이어서 꿰매져 있는 시트들,
낡은 속옷들,
다리가 긴 팬츠들―
그리고 바다의 태양은 그 기장記章들에 인사한다
하얀 세탁물이 손을 흔들듯
선원들에게 초라한 작별을 하는 동안.

바다와 바람의 거리들,

공기와 파도에 싸인 힘든 나날,

골목길들은 조개처럼

나선형으로 노래하며 오른다—

시장의 오후는 반짝이고,

햇빛은 상품에 닿고,

창을 열고 한 벌의 이를 드러내며

점원처럼 웃는 상점의 앞면들,

구두들과 온도계들, 초록 어둠을

담고 있는 병들,

쓸모 있을 것 같지 않은 양복들, 훌륭한 옷들,

음산한 양말들, 자극성이 없는 치즈들,

그리고 이제 나는 이 시의

목표에 이르렀다.

거기 유리눈을 가진

창이 하나 있고,

안에는

계시기들 사이에

시계공 돈 아스테리오 알라르콘이 있다.

거리는 오르내리고 구불구불하며

화끈거리고 부딪치지만,

유리창 너머

그 시계공,

늙은 계시기 관리자,

한쪽 눈은 튀어나온 채

꼼짝 않고 서 있다,

시계들의 신비로운 심장

그 신비를 들여다보는

놀라운 눈,

그리고 깊이 들여다본다

나름대로 흐르는 잡기 어려운
시간의 나비가
그의 이마에서 사로잡히고
시계의 날개가 칠 때까지.

돈 아스테리오 알라르콘은
분分들의 오랜 히어로,
그리고 배들은 파도를 헤치며 간다
그 손가락으로 다스려져,
그건 분침이
시계 장치의 책임을 다하도록 했고,
정확히 똑딱거리게 한 것.
돈 아스테리오는 그의 수족관에서
바다의 시계들을 계속 들여다보았고
참을성 있는 손가락들로
바닷길의 푸른 심장에 기름을 쳤다.

쉼 없이 흐른 50년 동안,

또는 1만 8천 일 동안,

쉼 없는 흐름은 지나갔다,

아이들과 남자들과 여자들,

울퉁불퉁한 언덕으로 오르거나 바다로 내려가고,

그동안 시계공은

그의 시계들 속에서,

시간의 흐름에 사로잡혀,

배가 그렇듯이, 거침없이

끊임없는 흐름 속에 맑게 흘러갔으며,

그의 숨을 화평하게 하고

조금씩 조금씩 현자賢者가

공장工匠으로부터 출현했다;

단안경과 기름으로

일하며,

그는 미움을 씻어냈고, 공포를 없앴으며,

그의 일터와 운명을
현 시점—시간, 그 무서운 흐름이
그, 즉 돈 아스테리오와 계약을 맺은
현 시점으로 충족시켰고,
그리고 그는 문자반文字盤의 그의 시간을 기다린다.

그리하여 내가
진동하는 거리를 지나가고,
발파라이소의 검은 강을 따라 지날 때마다,
나는 다른 소리들보다 높은 한 소리를 듣는다,
수많은 시계 중의 한 시계,
지치고, 온화하며, 속삭이는 소리,
그리고 훌륭하고 완전한 심장의
오래된 움직임,
유명하고 겸손한
돈 아스테리오의 똑딱 소리를.

아카리오 코타포스에게

어떤 낭랑한 완전함으로부터
코타포스는 이 세상에 왔다,
그의 완전한 행성과 함께,
그의 천둥과 함께,
그리고 거리를 어슬렁거리기 시작했다
그의 음악의 나무를 풀며,
소리의 창고를 열며.

조용히! 그 요새는 함락될 것이다
그 반항적인 포대로부터
예기치도 못하고 알아차리지도 못했을 때
백조들의 갑작스런 침묵이 날아오르니
그리고 그런 게 그것의 눈부신 빛이니,
그 빛 속에서
모든 물은 깨어나고
모든 풍문은 파도가 되며

모든 게 이슬 속에서 노래하려고 나오니.

조심해야지, 우리는
이 송가의 질서에 주의를 기울여야 하니,
그의 노래의 감촉을 나누기로
결정하는 건 공기만이 아니고,
강어귀 위로 날아오른 의기양양한 새들만이 아니니—
그건 창고들을 드나들었고,
모터들에 스며들었으며,
전기에서 빛을 훔쳐
그걸 화려함과 힘으로 장식했느니.
더구나 원초적인 암울로부터
그 음악은 돌아왔느니,
이리와 초원의 풀을 데리고,
켄타우로스의 자줏빛 피,
전장의 첫 드럼 소리

그리고 鐘의 장엄한 무게와 함께.

그는 도착해서 그의 호른을 불고,
우리를 모으고,
우리한테 말하고,
우리를 만들어내고,
우리를 속이고,
보여주고,
그의 현명한 실로 우리를 감고, 그의
확신에 차고 믿을 수 없는 언어의 놀라움으로 감고,
우리를 잘못 이끌고, 그리고
모든 게 끝나는가 싶을 때, 그는
그의 손을 쳐들고, 그건 떨어지고, 그리고
그의 이야기의 유명한 폭포가 뒤따른다.

나는 그의 입을 통해 모든

수수께끼의 자연사自然史를 알게 되었고,

조류계鳥類系,

고양이들의 비밀스런 전화, 목선이 있는

옛 강 미시시피,

이반 대제의 사형집행인,

보리스 고두노프의 엄청나게 큰 목소리,

파리에서 그를 기리기 위해 모인

조류학자들의 의식儀式들,

마른 사람들의 지독한 공포,

개의 젖은 마이크로폰,

세뇨르 푸가 보르네의

불길한 주문呪文,

핑크 재킷과 홍차가 있는

시골에서의 여우 사냥,

자비로운 돈 그레고리오의 품에 안겨

레닌그라드로 여행한 칠면조,

작은 볼리비아 사람들의 행진,

근엄한 오징어를 갖고 있는 라몬,

그리고 무엇보다도

페데리코가 좋아한

하발리 코르누페토의 무서운 이야기,

언제냐 하면

쿵쿵거리고 포효하며

그 성급한 비만이

유럽의 국경들을 넘칠 때까지

그 믿을 수 없는 짐승이 자라고 또 자랐을 때

그리고 또하나의 위대한 제펠린처럼 헐떡거리며

브라질로 여행 갔을 때,

측량사들과 엔지니어들이,

명백한 생명의 위험을 무릅쓰고

아마존 옆에다 그걸 옮겨놓았던 것이다.

코타포스, 당신의 음악에서
자연은 새로운 모습을 얻는다,
물의 깨끗함,
천둥의 조바심,
그리고 나는 당신의 전주곡들에서 빛을 보고 만졌다
그들이 마치
분홍 유성의 아이들인 양,
그리고 당신의 종소리의 진동에서,
그 폭풍과 등대들의 푸가에서,
원소들은 그들의 박자를 발견하고,
음악의 금속을 벼린다.

그러나 나는 당신의 어휘에서
신화와 접시들을 깨는 사람의
지치지 않는 배반을 발견했고,
여우가 포도를 찾아가는 길에

초록 공기나 떨어진 자두 냄새를 맡았을 때의

그 예기치 않은 만남,

그리고 그것

뿐만 아니라

또한—

완전한 비전에 의해 촉발되고, 비둘기들에 의해 변한

전기電氣적 메타포.

책 없는 시인, 당신은

삶에서 불경스런 노래를 만나게 했다,

그리고 동굴에서 꿈 없이 누워 있다가

튀어나온 말을,

그리고 나한테는, 당신은 언어를

유리점들의 붕괴로 바꾼 사람이다.

거장이며 친구,

당신은 나한테 그다지도 많이 투명한 걸 보여주었고

그래서 내가 어디에 있든 당신은 나한테 당신의 투명함을
준다.

지금,

나는 나에 관한 책을 쓰고 있는데,

거기 "나는 있다"에서, 아카리오, 당신은 나와 함께 있다.

돌아온 방랑자

거리 한가운데서, 나는 의아하다,

도시가 어디 있지? 그건 사라졌고, 돌아오지 않았다.

아마 이게 똑같은 도시일는지 모른다―집들이 있고,

벽들이 있고, 허나 나는 그걸 찾을 수 없다.

그건 사람들 문제가 아니다―페드로라든지 후안이라든지 하는―

또 여자라든지 나무라든지 그런 문제도 아니다,

이제 도시는 스스로를 묻어버렸고,

어디 땅 밑으로 곤두박질쳤다,

그리고 이건 다른 시간이다, 전혀 같지가 않다,

거리의 길들은 같은 듯하고

집의 주소들도 같은 체하고 있기는 하지만.

시간이 존재한다는 거, 그걸 나는 안다.

나는 그게 존재한다는 걸 알지만 허나 알 수 없다

어떻게 그 도시가 따뜻한 피를 가졌었는지,

모두에게 충분한 하늘이 있었는지,
그리고 그 아침나절의 미소가
바구니 가득한 자두처럼 퍼졌는지,
숲 냄새가 나는 집들,
새벽에 톱으로 마악 자른 나무,
산속 목재소의
물가에서 항상 노래 부른 도시,
그 모든 게 당신과 나의 것이었다
그러한 도시와 그 명료함은,
비밀스럽게 스스로를 사랑으로 싸서
스스로 잊혀진 듯 있게 한.

그게 있던 곳에 지금은 다른 삶들이 있고,
다른 생활 방식, 다른 어려움이 있다.
모든 게 좋은데, 왜 그건 존재하지 않을까?
왜 그 옛 정취는 이제 잠들었을까?

왜 그 모든 종들은 조용하고
왜 그 목탑木塔은 작별을 고했을까?

아마 그 도시가 내 속에서 무너져 없어졌는지도 모른다,
집이 하나씩 무너지고, 그 상점들은
완만한 습기와 흐르는 시간에 부식됐을지도;
약국의 청색을 잃어버린 건 나였는지도 모른다,
저장된 밀, 마구상에 걸려 있는 편자,
그리고 검은 물의 우물에서인 듯
항상 뭔가를 찾고 있었던 영혼들.

그렇다면 나는 왜 오는가, 왜 왔단 말인가?
달빛에 물들어 있는 도끼날처럼
맑고 맑아 근사한 여름날
자두나무 사이에서 한 번 사랑했던 여자,
속수무책의 금속에 스며드는 산酸과도 같은

눈을 갖고 있었던 여자,

그녀는 가버렸다, 떠남도 없이 가버렸다,

집이나 나라를 바꾸지 않고,

자기 스스로의 의지로 갔다, 뒷걸음질치는

시간 속으로 곤두박질치며, 그리고

그녀가, 아마도, 내 몸을 껴안은

팔을 벌린 시간, 나의 시간으로 무너지지 않았다, 그리고 그
녀는

아주 여러 해 저쪽에서 나를 부르고 있었는지도 모른다,

내가 행성의 다른 구석에서

내 나이만큼 먼 거리 속에 가라앉고 있는 동안.

나는 들어가도록 스스로를 내버려둘 것이다,

잃어버린 도시로 돌아가도록.

나 자신 속에서 나는 없는 도시를 발견해야 한다,

목재 하치장에서 나는 냄새를;

경사지에 물결쳤던 밀이

여전히 자라고 있을는지 모른다, 다만 내 속에서,

그리고 비가 낳은 그 여자를 발견하려면

내 속으로 여행하는 수밖에, 다른 길이 없다.

달리는 그 어떤 것도 지탱될 수 없다.

나는 그 거리들에 있어야 할 사람이고

어떻게 해서든지 결정해야 한다

어디에 나무들을 다시 심어야 할지를.

알스트로메리아

이 1월달에, 알스트로메리아,
땅 밑에 묻혀 있던 그 꽃이
그 은신처로부터 고지대 황무지로 솟아오른다.
바위 정원에 핑크빛이 보인다.
내 눈은 모래 위의
그 친숙한 삼각형을 맞아들인다.
나는 놀란다,
그 창백한 꽃잎
이빨, 그 신비한 반점을 지닌
완벽한 요람,
그 부드러운 대칭을 이룬 불을
보며—
땅 밑에서 어떻게 준비를 했을까?
먼지, 바위 그리고 재 이외엔
아무것도 없는 거기서
어떻게 그건 싹텄을까, 열심히, 맑게, 준비되어,

그 우아함을 세상으로 내밀었을까?

지하의 그 노동은 어땠을까?

그 형태는 언제 꽃가루와 하나가 됐을까?

어떻게 이슬은

그 캄캄한 데까지 스며내려

그 돌연한 꽃은

불의 뜨거운 쇄도처럼 피어올랐을까,

한 방울 한 방울, 한 가닥 한 가닥

그 메마른 곳이 덮일 때까지

그리고 장밋빛 속에서

공기가 향기를 퍼뜨리며 움직일 때까지,

마치 메마르고 황폐한 땅으로부터만

어떤 충만, 어떤 개화,

사랑으로 증폭된 어떤 신선함이

솟아올랐다는 듯이?

1월에 나는 그렇게 생각했다,
어제의 메마름을 바라보며; 지금은
수줍게, 생기 있게
알스트로메리아의 부드러운 무리가 자라는데;
그리고 한때 돌 많고
메마른 평야 위로
향기로운 꽃의 파도를
물결치며 바람의 배가 지나갈 때.

조사 調査

나는 모든 걸 물었다

혹시 그게

뭔가 더 갖고 있지 않은가,

모양과 형태 이상의 뭔가 갖고 있지 않은가,

그리고 나는 어떤 것도 공허하지 않다는 걸 알았다―

모든 건 함의가 실려 있는

하나의 상자, 기차, 보트이며,

길을 걸은 모든 발자국은

돌에 씌어진 전보를 남겼고,

빨래하는 물속의 옷들은

그들의 전 존재를 뚝뚝 떨어뜨렸음을.

나는 나라에서 나라로 다녔다, 내 모든

앎이 실려 이제는 아주 무거운

내 보따리를 어디다 놓아야 할지 모르는 채,

그렇게 많이 보고 알며,

움직이고 움직이고, 모든 의자, 모든 돌에 대해

묻고 또 묻고, 나중에는

대답해준 적이 없는 많은 사람들에 대해 묻고,

스스로 답을 하는 데 익숙해질 때까지,

말없이 스스로에게 대답하고,

아무하고도 말하지 않고, 스스로 흥겨울 때까지.

그건 아마 소경한테 생긴 일과 같을 것이다

아무것도 보지 못하다가 모든 걸 보게 된,

그리고 단 한 번의 초점 맞추기로

온 바다에서 단 하나의 우물로 내려가

거기 모든 고기가 모이게 하는

잠수부의 열렬함 전부를

보는.

그러다가, 내가

땅을 흔들고

모든 걸 있던 자리에서 옮기는 걸 그만두었을 때,

나는 그들이 각자 나에게

작은 감사나 미소

또는 축하나 무슨 그 비슷한 걸 보내리라고 생각했는데,

허나 그렇지 않았다; 그리고 그 끔찍한 도시의

거주자들은

내 삶에 손가락질을 했다,

길고 죽은 손가락,

그리고 분개한 눈으로,

거세된 외눈박이의 눈으로

나를 면밀히 조사했다.

"당신의 은밀한 수입을 잘 잡아라"

어떤 교활하고 악한 시체가 소리쳤다.

"그는 자동차를 가졌어" 어떤 경건한 여자가

괴로움에 떨며 말했다.

또 어떤 이는, 아주 고상하게,

시인으로 꾸미고, 나한테 몹시 화를 냈다

내 셔츠를 바꾸지 않고

자기의 매니저를 좋아하지 않았다고.

이 지점에서 나는 마음속으로 생각했다

세상의 사물들은 계속 존재할 것이고

아마 그들이 옳을지도 모른다고—

그러나 그러한 사악함으로 하여

나는 아무것도 알려고 하지 않겠다고 결심했다,

눈 하나에 눈알 두 개를 요구하지 않고

손톱 하나에 손 하나를 요구하지 않기로.

나는 스스로 굳게 다짐했다

사람들이 내 노래에서 그들의 목소리를 찾으리라고.

C.O.S.C.

그는 죽었다, 카를로스라고 불린 내 친구는.

그가 어떤 사람이었는지 꽤념치 말고, 당신이 모르더라도
묻지 말라.

그는 식탁 위의 좋은 빵처럼 좋은 사람이었고

상처 입은 신사의 생각에 잠긴 분위기를 갖고 있었다.

그건 그만이 아니었고 또 그건 그였으며, 그건 모든 것이
었고

그건 문을 두드리는 죽음이었다.

순전한 선의로, 카를로스는 그걸 열러 갔고,

그날 밤 그 문을 연 많은 사람 중에서,

그는 바깥에 있었던 사람이었고,

그 많은 사람 중에서 그는 돌아오지 않았으며,

그리고 그의 부재는 나를 아프게 한다 마치 그가 나를 부르
고 있었다는 듯이,

마치 그가 나를 기다리며 어두운 데서 버티고 있었던 듯이.

나를 쫓는 많은 슬픔 중에 하나를
이날의 마지막을 위해 선택했다면,
나는 그의 얼굴을 그 밤에서 떼어놓지 않았으리라;
그는 기억에서, 이름도 없이, 잔혹하게
사라졌을 것이고, 그래서 나를 위해 죽지도 않았을 것이며,
그의 머리는, 백발인 채, 계속 붙어 있을 터이고,
그의, 지금은 아무것도 보지 못하는 부드러운 눈은
멕시코의 탑들 위에서 아직 뜨고 있을 것이다.

다만 최근에 접한 죽음을 잊기 위하여,
내 친구가 혼자 또는 사람들과 함께 여행한
항로와 배와 선창을 생각하지 않기 위하여,
그를 생각하는 지금 이 시간, 아직 그의 날의 주인이며,
그가 수많은 갈등과 사람들 사이에 퍼뜨린
그 웃고 있는 맑음의 주인인 그를.

나는 지금 이 말들을 내 책에 쓴다,

지금은 없는 그와의 이 꾸밈없는 작별이,

답장 받을 수 없는 이 간단한 편지가

먼지, 구름, 잉크, 그리고 말에 불과하다고 생각하며,

그리고 단 하나의 사실은 내 친구가 죽었다는 것이다.

이슬라 네그라의 밤

오래된 밤과 다루기 어려운 소금이
내 집 벽을 두드린다.
어둠陰影은 여일如一하고, 하늘은
대양과 함께 고동치며,
하늘과 어둠은 그들의
광대한 불일치의 충돌 속에서 분출한다.
밤새 그들은 싸운다;
아무도 나른한 과일처럼 천천히
밝아오는 거친 빛의
이름을 알지 못한다.
그리하여 해변은 밝아온다,
거품 이는 어둠으로부터, 그 거친 새벽은,
유동하는 소금에 부식되고,
밤의 부피에 의해 깨끗이 씻겼으며,
바닷물에 씻긴 분화구는 피로 물든 채.

엉겅퀴

여름
의
긴
해안선
에,
먼지에 바싹 마른
여러 마일
그리고
건조한
시골길을
따라
칠레의 푸른 엉겅퀴는
존재로 폭발한다.
방랑하는
며느리발톱,
검붉은 말벌의 침,

우아한 작은 성,

온 청색이

한

보라색

컵을

들어올리고

그리고,

건조하고,

성나고,

쓰디쓴

그

황량한

토양이

그

가시

로

그 푸른 불을

지킨다,

철사

처럼

빽빽이 나고

거칠기는

부잣집

담

같은

그

엉겅퀴는

야생

관목지대

의

그

자연 그대로의

비옥함

속에서

사방에

붐비고

그리고 솟아오른다

텅 비고 차가운 하늘에

둘러싸인,

메마른 황무지의

무자비한 아름다움을

향하여,

왕관을 쓴

푸른 반란은

심지어

어떤

칼날

보다도

더
혹독한
청색으로
이
땅
의
그
모든
청색들을
부르는
듯,
도전하는 듯.

과거

우리는 과거를 버려야 한다

그리고, 한 층 한 층, 창문 하나하나를

지어서

빌딩이 올라가듯이

그렇게 우리는 계속 벗어던진다―

먼저 깨어진 타일들을

그러고 나서 삐기는 문들을,

과거에서

마치 그게 마룻바닥에

부딪혀 깨어진 듯이

먼지가 떨어지고,

거기에 불이 난 듯이

연기가 피어오를 때까지,

그리고 매 새로운 날이

빈

접시처럼

반짝일 때까지.

거긴 아무것도 없다, 거긴 항상 아무것도 없었다.

그건 모두 새로운, 팽창하는

결실로

채워져야 한다;

그러면

어제는

우물에

어제의 물이 떨어지듯이,

지금은 목소리 없고 불 없는 그 모든 것의

물통 속으로 떨어진다.

골치 아픈 일들을

잊는 데 익숙해지는 건

어려운 일이고,

눈을 감는 것도

어려운 일이지만,

우리는 그걸
무의식중에 한다.
모든 건 살아 있었다,
주홍빛 물고기처럼
살아, 살아, 살아 있었다,
허나 시간은
돛과 어둠 더불어 지나갔고
그 물고기의 번득임을
지워버렸다.
물 물 물,
과거는 계속 떨어진다
비록 그게
가시들과
뿌리들을 쥐고 있다고 하더라도.
그건 갔고, 그건 갔으며, 이제
기억은 아무 의미도 없다.

이제 무거운 눈꺼풀은

눈의 빛을 닫았고

한때 살아 있던 것은

더이상 살아 있지 않다;

우리였던 건, 우리가 아니다.

그리고 말言語로 말할 것 같으면, 비록 글자들이

여전히 투명성과 소리를 갖고 있다고 하더라도,

그들은 변하고, 입은 변한다;

같은 입이 지금은 다른 입이다;

그것들은 변한다, 입술, 피부, 혈액순환;

다른 영혼이 우리의 골격을 차지했다;

언젠가 우리 속에 있던 것이 지금은 없다.

그건 떠났으며, 그러나 그들이 부르면, 우리는 대답한다

"나 여기 있소" 그리고 우리는 깨닫는다 우리는

과거의 우리가 아니고, 그건 그랬었고 잃어버렸음을,

과거 속에 잃어버렸으며 이제 다시 돌아오지 않음을.

E.S.S.에게

엔리크,
다섯 살,
그러고는 여섯 살,
지금은 아홉 살 반,
언제나 이슬라 네그라의
해초 속에,
파도 사이에서 한 아이가
호기심의 대상인 전 세계와 함께
초록 화관花冠처럼 열린다
그의 놀라는 눈을 두드리는
전 바다와 함께
그리고 수초水草와 언덕,
엔리크의 또다른 해年,
엔리크 데 세구라
살라사르, 돈 클로로의 손자.
나중에 너는 알게 되리라

네가 어떻게 자라는지

내가 보았음을

마치 내가

속눈썹을 만지고 있었던 듯이,

뭔가 친밀하고,

맥박처럼, 뭔가 내적인 걸 만지고 있었던 듯이,

그리고 매번 네가 네 발자국을

내 모래 위에 남기는 동안,

자라면서,

너는 나타났고

그리고 불어났다, 너의 달들,

너의 해들이, 하나씩 땅 위에서,

그리고 너는 집으로 들어왔다

네 눈 속에 더 많은 시간을 지니고

다리가 좀더 길어져서,

네 짹짹거리는 새가슴을

나뭇잎을 향해 좀더 높이

전생前生의 그늘진 나무를 향해

들어올린 여분의 센티미터.

이제 엔리크의

나이 아홉 살

여기 해안의 황무지에서

오, 작은 우주인이여,

나는 너에게 묻는다―

언젠가

너는 네 우주선에 타고,

너에게 유혹하듯

윙크를 보내는 오리온의

눈들 사이를 그 무엇보다도 빠르게 날아갈래?

네 불타는 사륜마차가

성좌의 거리들을 통과하며 반짝이겠지;

달에서 우리한테 해초를 가져다주고

황소좌에서 신비한 돌들을 가져다주며
큰곰좌에서 기타를 가져다주지 않을래?
오, 이쪽 해변의
아이,
이 해변 황무지의 엔리크,
너는 그 어디에도 가지 않을지 모르고,
간 데서 돌아오지 않을지도 모르며,
그리고 사구砂丘와 어도비 진흙 사이에서
한 생명의 계系가 생길지도 모른다,
성城도 달도 없는
순 흙 한 덩어리,
약탈당한
해변
처럼 깨어진 계통
버려진 돌들 속에서
그 답즙의 실마리를 뽑아내고,

동요하는 변전變轉의 정수를 뽑아내며,
오고 가고 머물며
망각의
모래로 변하는 그걸.

바로 그 항구에게

발파라이소는 선線들을 갖고 있고,
용량이 굉장한 컵들이 있으며,
얽어 짠 그물이 있다.
그게 드러날 때 온 바다의 밑에서
한 마리 물고기의 비늘들은
하나씩 자라고,
피 묻은 작살들은
잠들어 쉬면서, 피와 소금의
꿈에 떨고,
또는 더 멀리, 시인의
가슴속으로
발파라이소는 스며들고
찾고 발견하고
열고 남긴다
그 연속 속에
숨겨진 그물을;

그러고는 놀란 창이 날고,
노란
기계들,
배고픈 바다제비들,
언덕들 사이에
빈약한 방,
한 청순하게 칠해진 꽃잎으로
지탱되는.
그리고 하늘에는 또한
오후의 새
또는 달에서 오는 총알처럼
조절된, 돌진하는 비행기,
위의
모든 게
항구에서 이는 파도를
느낀다,

그리고 조용히
별은 스스로
빈약한 만을 향한다,
매달려 있는 집들을,
슬픔을, 무력함을 향하고,
바다 가장자리의, 가련한 사이렌의,
해안 도시의
모든 기쁨을 향한다
난폭한 바다가 마멸시키지 못한,
저주받은 땅이 묻어버리지 못한 도시의.

발파라이소는
바람과 검은 커넥션이 있고,
이슬에 빚지고,
알 수 없는 구멍들,
오후에 그들의 슬픈 개를

산보시키는 꼼꼼한 시장市長들,

조용하고 무덤 같은 일요일들—

허나 문제 없다, 모든 게

모든 게 분명해진다

땅이나 바다나 하늘이나 전선電線을 가로질러

당신이 어떤 충격, 돌연한

정지를 느낄 때—

뭔가 부르고, 뭔가 떨어진다,

꿈으로부터 희미한 먼지가,

어떤 고동, 물에서 오는 빛,

지각할 수 없는

신호,

밤의 소금 또는

분말.

그리고 그쯤에서 우리는

우리의 시선을 돌린다

발파라이소로.

슬픔에게 II

슬픔이여, 나는
네 검은 날개가 필요하다.
황옥黃玉에는 너무 많은 햇빛, 너무 많은 꿀,
낱낱 광선은 웃는다
넓은 들에서
그리고 내 주위에는 풍부한 빛뿐,
높은 하늘에는 붕붕거리는 벌뿐.
그러니
너의 검은 날개를
나에게 다오,
자매인 슬픔이여,
나는 때때로 빛 잃은
사파이어를 가져야 하고
강우降雨의 비스듬한 그물이 있어야 하며
땅의 낙루落淚가 필요하다;
나는 그리워한다

강어귀 폐선의 선체를,
어둠 속의 그 커다란 집을,
그리고 내 어머니는
등유를
찾아서
램프를 채웠다
그게 빛이 아니라 한숨을 내뿜을 때까지.

밤은 태어나지 않았다.

낮은 제 지역 묘지로
물러갔고,
빵과 그늘 사이에서
나는 창 안의
나 자신에 대한
기억을 갖고 있다―

있지 않은 걸 바라보고 있었던,
일어나지 않은 일을 보고 있었던,
그리고 물의 검은 날개가 아마도
내가 거기 창 안에 영원히 잊어버린
가슴을 가로질러 내려오고 있는 걸 보고 있었던.

이제 나는
검은 빛을 그리워한다.

네 느린 피를 나에게 다오,
차가운
비를,
네 무서운 날개로 나를 덮어다오!
내가 간직하게
잠긴 문의 열쇠를
내게 돌려다오,

부서진 문의 열쇠를.

잠깐 동안

짧은 일생 동안

나의 빛을 치워다오 그리고 내가

버려지고, 비참하게 되어,

황혼의

거미줄 속에서 떨고 있다고

느끼게 놔두어다오,

비

의

떨리는

손들을

내 존재 속으로 받아들이며.

요약

나는 그다지도 많은 의무를
떠맡은 걸 기뻐했다―내 생애에는
가장 흥미로운 요소들이 축적되었다:
나를 망가뜨린 온화한 유령들,
나를 어지럽힌 설명할 수 없는 바람,
상처 입히는 어떤 키스들의 자상刺傷, 내 형제들의
어려운 현실,
항상 경계해야 하는 데 대한 부득이한 필요,
나의 혼자이고자 하는 충동, 자신의 쾌락이라는
약함 속에 오로지 혼자이고자 하는.
이게―돌에 떨어지는 물인―내 인생이 항상
기쁨과 의무 사이에 있는 그 길을 노래한 이유.

민중

그 사람을 나는 잘 기억한다, 그리고 내가 그를
마지막으로 본 뒤 적어도 두 세기가 지났다;
그는 말을 타거나 사륜마차를 타고 여행하지 않았으며,
언제나 걸어서
먼 거리들을
격파했다,
칼도 무기도 갖고 있지 않았고
어깨에는 그물,
도끼나 망치 또는 삽을 갖고 있었다;
그는 자기와 동류同類인 다른 사람과 싸운 일이 없다—
그의 싸움은 물이나 흙과 하는 것이었고,
밀과, 왜냐하면 그건 빵이 되어야 하므로,
높이 솟은 나무와, 그건 목재가 되어야 하므로,
벽들과, 거기 문을 내야 하니,
모래와, 그걸로 벽을 만들어야 하니,
그리고 바다와, 결실을 맺어야 하니.

나는 그를 알았고 그는 계속 내 마음을 떠나지 않는다.

마차는 부서져 산산조각이 났고,
전쟁은 출입구와 벽들을 파괴했으며,
도시는 한 줌의 재,
모든 옷들은 먼지가 되었으나
나에게는 그가 존속하고,
그는 모래 속에 살아 있다,
전에는 그만 빼고 모든 게
영속할 것처럼 보였지만.

가족들의 왕래에서
때때로 그는 내 아버지나 친척이었고
만일 그게 아니라면, 아마도
집에 돌아오지 않은 또다른 사람이었다,

물이나 흙이 그를 삼켜버렸으므로,

기계나 나무가 그를 죽였으므로,

또는 관 뒤에서, 눈물 흘리지 않고, 걸었던

관 짜는 목수였으므로,

나무로서나 금속으로서의 이름 말고는

이름을 갖지 않았던 사람,

그리고 다른 사람들은 그를 위에서 바라보았느니,

개미는 보지 않고

개미집만 보며;

그리하여 그가 가난하고 피곤에 지쳐 죽어

그의 발이 더이상 움직이지 않을 때,

사람들은 그들이 보는 데 익숙지 않은 걸 보지 못했다—

이미 다른 발이 그의 발자국 속을 걸었던 것을.

그 다른 발은 여전히 그였다,

다른 손도 마찬가지.

그 사람은 존속했다.

그가 소모됐음이 틀림없는 것 같았을 때

그는 또다시 같은 사람이었다;

그는 다시 한번 땅을 파고,

옷감을 자르고, 허나 셔츠는 없고,

그는 거기 있었지만 또 없었고, 전과 마찬가지로

그는 사라지고 스스로를 대치했다;

그리고 그는 공동묘지나

무덤을 갖지 못했으므로, 또는 그의 이름이

자기가 애써 자른 돌에 새겨지지 않았으므로,

아무도 그의 도착을 몰랐고

그가 죽었을 때 아무도 몰랐으며,

그래서 그 가난한 사람이 단지 할 수 있는 건

아무도 모르게 삶으로 다시 돌아오는 것이었다.

그는 괜찮은 사람이었다, 유산은 없고,

가축도 문장紋章도 없으며,

다른 사람들보다 튀지 않았다;

위에서 보면 그는 진흙처럼 회색이었고,

가죽처럼 황갈색이었으며

밀을 거둘 때는 황색,

광산에서는 검은색,

고기잡이배에서는 다랑어색,

초원에서는 말색이었다—

어떻게 그를 구별할 수 있겠는가

인간의 형상으로 되어 있는 흙, 석탄 또는 바다 등

그의 원소들과 떼어놓을 수 없는데?

그가 산 곳에서는, 그 사람이 만진

모든 것은 자라나곤 했다—

적대적인 돌들은

그의 손에

부서져

모양과 선線을 갖추고

하나씩 하나씩

건물들의 선명한 모양을 띠었다;

그는 손으로 빵을 만들었고,

기차들을 운행하게 했다;

먼 곳에서는 마을들이 들어서고,

다른 사람들은 자랐으며,

벌들이 오고,

그 사람의 창조와 배가倍加를 통해

봄은 시장으로 어슬렁어슬렁 들어섰다

빵집들과 비둘기들 사이로.

빵덩어리들의 아버지는 잊혀졌다,

자르고 터벅터벅 걷고, 걸어서

길을, 유사流砂를 다지고 열던 그 사람;

모든 게 존재하게 되었을 때 그는 더이상 존재하지 않았다.

그는 그의 존재를 주어버렸고, 그게 다였다.

그는 일을 하기 위해 어딘가로 갔고 결국

그는 죽음을 향해 갔다, 강돌처럼

굴러서;

죽음이 그를 하류下流로 데려갔다.

그를 아는 나는 그가 굴러 내려가는 걸 보았다

그가 남긴 것 속에나 존재할 때까지—

그가 잘 알 수 없었던 거리들,

그가 살아보지 못했던 집들 속에.

그리고 나는 그를 보려고 돌아왔고, 매일 나는 기다린다.

나는 관 속에 있는 그 그리고 부활한 그를 본다.

나는 그를 그와 동등한 모든 다른 사람들로부터
골라내는데
그럴 수는 없는 일로 보인다,
이 길은 우리를 아무 데로도 데려가지 않을 것 같으며
이렇게 계속하는 건 아무런 영광도 없는 걸로 보인다.

나는 하늘이 이 인간을 감싸서
적절히 구두를 신기고 명예를 회복시켜주리라 믿는다.

나는 그렇게 많은 것들을 만든 사람들이
그 모든 것을 소유해야 한다고 생각한다.
빵을 만든 사람이 마땅히 그걸 먹어야 한다고.

광산에 있는 사람들은 빛을 가져야 한다.

사슬에 묶인 회색 인간들은 이제 더 있어서는 안 된다!

창백한 잃어버린 사람들이 더 있어서는 안 된다!

통치자로서가 아닌 그 어떤 다른 인간으로 지나가서는 안 된다.

단 한 여자도 왕관이 없으면 안 된다.

모든 손에 금장갑을.

미천한 사람들에게 태양의 과일들을!

나는 그 사람을 알았고, 그리고 내가 할 수 있을 때,
내가 내 머리통에 아직 두 눈을 갖고 있고
내 목에 아직 목소리를 갖고 있을 때
나는 무덤들 속에서 그를 찾았고 그에게 말했다,

아직 흙이 되지 않은 그의 팔을 누르며:

"모든 게 지나갈 테고, 당신은 여전히 살아 있을 것이다.

당신은 삶에 불을 붙였다.

당신은 당신의 것을 만들었다."

그러니 내가 혼자인 것 같거나 혼자가 아닌 것 같거나 할 때
그 누구도 불안해하지 말기를;
나는 친구들이 없지 않으며 또 나는 모든 사람을 위해 말
하니.

누군가 그런 줄도 모르고 나를 듣고 있지만,
그러나 내가 노래하는 사람들, 그걸 아는 사람들이
계속 태어나 세상에 넘칠 것이다.

충만한 힘

나는 쏟다 밝은 햇빛 속에서, 사람들 넘치는 거리에서,
만조 때, 내가 노래할 수 있는 곳에서;
제멋대로인 밤만이 나를 억누르지만,
허나 그것의 방해로 나는 공간을 되찾고,
오래가는 그늘들을 모은다

밤의 검은 작물은 자란다
내 눈이 평야를 측량하는 동안.
그리하여, 태양으로만, 나는 열쇠들을 벼린다.
불충분한 빛 속에서는 자물쇠를 찾으며
바다로 가는 부서진 문들을 열어놓는다
찬장을 거품으로 채울 때까지.

나는 가고 돌아오는 데 지치는 법이 없고,
돌 모양의 죽음은 나를 막지 못하며,
존재에도 비존재에도 싫증나지 않는다.

때때로 나는 생각한다

내 모든 광물성의 의무를 어디에서 물려받았을까—

아버지나 어머니일까 아니면 산들일까,

생명줄들이 불타는 바다로부터 펼쳐진다;

그리고 나는 안다 내가 계속 가니까 나는 가고 또 간다는 것

또 내가 노래를 하고 또 하니까 나는 노래한다는 걸.

두 개의 수로 사이에서 그러듯

내가 눈을 감고 비틀거릴 때

일어난 일을 설명할 길이 없다—

한쪽은 죽음으로 향하는 그 지맥支脈 속에서 나를 들어올리고

다른 쪽은 내가 노래하게 하기 위해 노래한다.

그리하여 나는 비존재로부터 만들어지고,

바다가 짜고 흰 물마루의 파도로

암초를 연타하고

썰물 때 돌들을 다시 끌고 가듯이

나를 둘러싼 죽음으로 된 것이

내 속에서 삶을 향한 창을 열며,

그리고, 존재의 경련 속에서, 나는 잠든다.

낮의 환한 빛 속에서, 나는 그늘 속을 걷는다.

사랑으로 증폭된 신선함

네루다가 오십 대 중반에 이슬라 네그라의 바닷가 집에 머물며 쓴 이 시집의 시편 가운데 「알스트로메리아」라는 작품이 있다. 그건 꽃 이름인데, 먼지, 바위 그리고 재 이외에 아무것도 없는 땅에서 어떻게 그것은 싹텄을까 물으면서 시인은 계속해서 쓴다.

어떻게 이슬은
그 캄캄한 데까지 스며내려
그 돌연한 꽃은
불의 뜨거운 쇄도처럼 피어올랐을까,
한 방울 한 방울, 한 가닥 한 가닥

그 메마른 곳이 덮일 때까지
그리고 장밋빛 속에서
공기가 향기를 퍼뜨리며 움직일 때까지,
마치 메마르고 황폐한 땅으로부터만
어떤 충만, 어떤 개화,
사랑으로 증폭된 어떤 신선함이
솟아올랐다는 듯이?

바깥 풍경이며 사실인 '메마르고 황폐한 땅'은 흔히 사람 사는 세상의 비유로도 쓰이고 마음의 모습을 나타내는 데도 쓰이는데, 이 점은 '꽃' 역시 마찬가지이다. 사방을 둘러봐도 황무지인데, 거기서 피어 있는 꽃들을 발견할 때 경이로워하지 않는 인간이 어디 있을 것인가(이것만은 비열한 인간도 마찬가지일 것이라고 짐작된다). 그리고 거기가 황무지이기 때문에 그 꽃이 '돌연한' 것이라는 건 말할 필요도 없다.

마찬가지로 권력이나 이익의 맹목적 추구, 목표달성을 위한 자살적·호전적 접근, 모든 광신들, 몰가치적 생존본능 따위들이 사람 세상을 황폐하게 만들 때, 미의지美意志가 낳은 예술 창조나 선의善意에서 나온 행동에 우리는 감동하게 된다. '어떤 충만'이며 '어떤 개화'인 그것들은 '사랑으로 증폭된 어떤 신선함'이라는 명명에 딱 들어맞는 것이니까!

그리하여 "장밋빛 속에서 / 공기가 향기를 퍼뜨리며 움직일 때까지" 피어나는 꽃(마음)은 천혜의 갸륵함으로 가득한 움직임이 아니고 무엇이겠는가.

향기로운 꽃의 파도를
물결치며 바람의 배가 지나갈 때.

어제의 메마름은 사라지고 생기의 파도가 물결친다. 그리고 이 물결의 원천은 세상의 슬픔과 기쁨의 음영으로 물든 시인의 마음이다.

무리지어 피어 있는 꽃을 물결치게 하는 바람처럼, 생기의 파도의 원천이고자 하는 시인이 생래적으로 자유로운 인간이 아니라면 이상할 터이다. 여기서 자유롭다는 것은 생명의 자발성과 매인 데 없이 움직이는 정신 속에 소용돌이치는 어떤 충일 같은 것이라고 말할 수 있는데, 그러한 움직임이 만조滿潮일 때 노래는 흘러나오는 것이지만, 그러한 움직임이 바깥으로부터 제한받거나 억압당할 때는 그러한 억압적 상황을 뚫고 나가는 노래가 또한 씌어지기도 한다. 네루다의 모든 작품은 물론 그 두 가지 상태의 소산인바, 그가 「시인의 의무」라는 작품에서 집, 사무실, 공장, 여자, 거리, 광산, 감옥 등에 갇혀 있는 사람들의 감옥문을 열기 위해 자기가 왔다고 할 때도 그렇다.

> 이 금요일 아침, 바다를 듣지 못하는 사람이면
> 누구든지 간에, 집이나 사무실에 갇혀 있거나
> 공장이나 여자, 거리나 광산 또는 메마른 감옥에
> 갇혀 있는 사람이면 누구든지 간에 나는
> 그에게 왔다, 그리고 말하거나 보지 않고
> 도착해서 그의 감옥문을 연다,
> 희미하나 뚜렷한 동요가 시작되고,
> 천둥의 긴 우르릉 소리가 이 행성의 무게와
> 거품에 스스로를 더하며,
> 바다의 신음하는 물흐름은 물결을 일으키고,
> 별은 그 광관光冠 속에서 급속히 진동하며,
> 바다는 파도치고, 꺼지고, 또 파도치기를 계속한다.

인용의 후반부는 제창하지 않을 수 없게끔 노래하고 있는데, 시인이 도착해서 그 모든 감옥문을 열자 "희미하나 뚜렷한 동요가 시작되고, / 천둥의 긴 우르릉 소리가 이 행성의 무게와 / 거품에 스스로를 더"한다! 시는 잠기거나 막힌 게 열릴 때 감지되는 동요의 원천이며 천둥이 하는 일과 다르지 않은 일을 한다. 그럴진대 물결을 일으키는 게 어찌 바다뿐이며, "광관 속에서 진동"하는 게 어찌 별뿐이랴.

나는 네루다의 시를 얘기하면서 그의 시는 언어라기보다 그냥 하나의 생동生動이라고 말한 적이 있는데, 그 까닭을 여러 가지로 말할 수 있겠으나, 이 시집의 「새」라는 작품에서 "나는 날아가는 제비들 외에 / 다른 알파벳이 없다, / 꽃가루 때문에 춤을 추며 / 열중해 있는 작은 새의 / 작고 빛나는 물 외에는"이라는 구절은 그 까닭을 말해주는 것들 중 하나이다. 그가 노래하는 그것과 그의 언어는 다르지 않으며 한몸이라는 것이다. 그리고 그 불가능한 일이 이루어지는 까닭은 나와 다른 것들이 하나여서 어쩌지 못하는 그의 타고난 동화력同化力이라고 할 수 있다.

가령, 경험이든 생각이든 감정이든 육화肉化되지 않으면 쓸 수도 없고 쓰지도 않는 시인이, 머리 굴려서 쓰는 시인에 비해 참된 시인이요 큰 시인다운 성향을 갖고 있다고 한다면 네루다는 그러한 됨됨이의 표본이라고 할 수 있는바, 시에 대해서 그가 "세계의 육체적 흡수"라고 한 말과 상통하기도 한다.

그리하여 그의 체질인 동화력이 사물을 향할 때 그는 만물과 하나이고, 사회 속에서 움직일 때는 인간에 대한 깊은 연대감과 정치 참여를 낳으며, 개인 생활에서는 사랑과 우정의 화신이 된다.

「아이 씻기기」 「죽은 가난한 사람에게」 「발파라이소의 시계공 돈 아스테리오 알라르콘에게」 「아카리오 코스타포에게」 「C.O.S.C.」 「E.S.S.에게」 「민중」 같은 작품들은 말하자면 그의 인간애와 우정의 소산들인데, 예컨대 항구도시의 시계공의 모습을 "시계들의 신비로운 심장 / 그 신비를 들여다보는 / 놀라운 눈, / 그리고 깊이 들여다본다 / 나름대로 흐르는 잡기 어려운 / 시간의 나비가 / 그의 이마에서 사로잡히고 / 시계의 날개가 칠 때까지"라고 그리면서 계속 쓴다.

> 그동안 시계공은
> 그의 시계들 속에서,
> 시간의 흐름에 사로잡혀,
> 배가 그렇듯이, 거침없이
> 끊임없는 흐름 속에 맑게 흘러갔으며,
> 그의 숲을 화평하게 하고
> 조금씩 조금씩 현자賢者가

공장工匠으로부터 출현했다;

단안경과 기름으로

일하며,

그는 미움을 씻어냈고, 공포를 없앴으며,

그의 일터와 운명을

현 시점—시간, 그 무서운 흐름이

그, 즉 돈 아스테리오와 계약을 맺은

현 시점으로 충족시켰고,

그리고 그는 문자반文字盤의 그의 시간을 기다린다.

시의 감동은 진정성에서 나오며 진정성의 원천은 물론 가슴이다. 주지적(두뇌적)인 시가 지적 재미는 줄지 모르지만 감동을 주지 못하는 이유도 거기서 가슴을 느낄 수 없기 때문이다(네루다는 가령, 엘리엇의 주지주의를 좋아하지 않는다. 엘리엇은 진짜 시와 가짜 시를 구별하는 가장 설득력 있는 기준은 진정성이라고 적절히 말했지만, 그의 시는 감동보다는 지적 재미를 주는 정도라고 하는 게 옳을 것 같다).

앎이든 느낌(감정)이든 그것이 진짜이려면 모름지기 육화된 것이어야 한다. 다시 말해서 가슴으로 알고 느낀 것, 또는 내가 곧 그것인 상태의 것이어야 한다는 얘기이다. 그게 진정성이 뜻하는 것인바, 그 진정성의 유무를 스스로 말해주는 것이 작품의 어조이다. 다른 건 재주 부리고 꾸며내서 그럴싸하게 보이게 할 수 있으나 어조는 속일 수 없기 때문이다. 그리고 은유를 비롯한 비유들도 진정성이 낳은 게 있고 괜히 멋부리느라고 그런 게 있는데, 네루다 시의 비유들은 물론 진정성의 표본이다. 그의 "세계의 육체적 흡수"라든지 "(내 시는) 내 육체의 기관이 확장된 것"이라는 말들이 바로 '육화'라는 말과 같은 의미라는 건 말할 필요도 없다.

그는 자기의 문학적 경쟁자들이나 정치적 적대자들이 그를 비난하기 위해 자기에 관해 조사를 했다는 얘기를 하고 있는 「조사調査」라는 작품에서,

나는 모든 걸 물었다
혹시 그게
뭔가 더 갖고 있지 않은가,
모방과 형태 이상의 뭔가 갖고 있지 않은가,
그리고 나는 어떤 것도 공허하지 않다는 걸 알았다―
모든 건 함의가 실려 있는
하나의 상자, 기차, 보트이며,
길을 걸은 모든 발자국은

돌에 씌어진 전보를 남겼고,

빨래하는 물속의 옷들은

그들의 전 존재를 뚝뚝 떨어뜨렸음을.

이라고 말하고 있는데, 그렇게 하여 그는 노래하고 또 노래했
던 것이다—메마르고 황폐한 땅에 피어나는 알스트로메리아
처럼 "어떤 충만, 어떤 개화, / 사랑으로 증폭된 어떤 신선함"
을 꽃피우며!

*

　참고로 영역에서 'The People'로 번역한 'pueblo'는 한
장소나 거기에 사는 사람들을 넘어서는 의미를 갖고 있다고
영역자는 말하면서, 영어에는 그에 걸맞은 적절한 말이 없다
고 하는데, 그 말은 한 장소를 존재의 상태, 가치와 신의의 동
아리로 인간화한다고 한다. 우리말의 '민중'도 정치적인 염
색과 허풍으로 일그러진 말이지만 그냥 쓰기로 했다. 텍스트
로는 *Fully Empowered*(Translated by Alastair Reid, New
Directions Books, 1995)를 썼다.
　문학동네의 염현숙 국장, 원고 교정을 자기 일처럼 꼼꼼히

보아준 강건모 씨, 그리고 책 만드는 데 관여한 모든 분들에게 고맙다는 인사를 전한다.

2007년 봄

정현종

옮긴이 **정현종**

1939년 서울에서 태어나 연세대학교 철학과를 졸업했다. 1965년 《현대문학》으로 등단하여 첫 시집 『사물의 꿈』 이후, 『환합니다』 『나는 별아저씨』 『떨어져도 튀는 공처럼』 『사랑할 시간이 많지 않다』 『한 꽃송이』 『세상의 나무들』 『갈증이며 샘물인』 『견딜 수 없네』 『정현종 시전집 1·2』 『광휘의 속삭임』 『그림자에 불타다』 등을 펴냈다. 산문집으로 『날아라, 버스야』 『두터운 삶을 향하여』 등이 있다. 한국문학작가상, 이산문학상, 대산문학상, 미당문학상, 현대문학상, 만해문예대상 등을 수상했다. 서울예술대학 문예창작과와 연세대학교 문과대 교수를 역임했다. 옮긴 책으로 파블로 네루다의 『질문의 책』 『스무 편의 사랑의 시와 한 편의 절망의 노래』 『네루다 시선』 『100편의 사랑 소네트』와 가르시아 로르카 시선집 『강의 백일몽』 등이 있다. 2004년 칠레 정부에서 전 세계 네루다 전문가와 문인 100인에게 주는 '네루다 메달'을 받았다.

문학동네 세계문학

충만한 힘

1판 1쇄 2007년 3월 24일
1판 10쇄 2021년 6월 24일

지은이 파블로 네루다
옮긴이 정현종
펴낸이 염현숙

펴낸곳 (주)문학동네
출판등록 1993년 10월 22일 제406-2003-000045호
주소 10881 경기도 파주시 회동길 210
전자우편 editor@munhak.com | 대표전화 031) 955-8888 | 팩스 031) 955-8855
문의전화 031) 955-8896(마케팅) 031) 955-2652(편집)
문학동네카페 http://cafe.naver.com/mhdn | 트위터 @munhakdongne
북클럽문학동네 http://bookclubmunhak.com

ISBN 978-89-546-0280-8 03890

www.munhak.com